만남과
헤어짐

짠 날 과
헤어질

편세환 일곱 번째 시집

인쇄일 │ 2024년 12월 10일
발행일 │ 2024년 12월 14일

지은이 │ 편세환
펴낸이 │ 김영빈
펴낸곳 │ 도서출판 시아북(詩芽Book)

출판등록 │ 2018년 3월 30일
주소 │ 대전광역시 동구 선화로214번길 21(3F)
전화 │ (042) 254-9966
팩스 │ (042) 221-3545
E-mail │ siab9966@daum.net

값 12,000원

ISBN 979-11-94392-22-4(03810)

딴 날과 헤어짐

편세환 일곱 번째 시집

시아북
시아BOOK

서문

2017년 여섯 번째 시집
『한 그루 나무이고 싶다』를 발간한 후
7년 만에 조심스럽게
이번 시집을 발표하게 되었습니다.

그간 발표한바 있는
시를 앞세워 내 삶의 흔적으로
남기고자 엮어 보았습니다.

스쳐 지나가는 순간을 붙잡아
내 느낌대로
일기처럼 적어본 것이기에
감동이 없는 졸작 글입니다.

마치 맛없는 음식을 앞에 놓고
들여다보면서
젓가락으로 헤집듯이
뒤적여 보시기 바랍니다.

2024. 12. 然波. 성촌 마을에서

편세환

2부
자화상을 보며

3부
무지개처럼

4부
추억 속으로

회자정리會者定離라 했던가
우리는 언젠가
모두와 헤어져야 한다
만 가지 사물과
사랑하던 가족과 인맥도

만남과 헤어짐은
하느님이 정해놓은 자연의 이치

편세환 시집

1부
어제의 흔적

가장 값진 날은 오늘
생명처럼 귀한 시간은
·······
흐릿한 그림자처럼
어제의 흔적으로 남게 된다

어제의 흔적

오늘이 지나면 또다시 오늘
이미 과거 속으로 떠난 어제는
되돌아올 수 없는 후회의 흔적
가장 값진 날은 오늘
생명처럼 귀한 시간은
또다시 후회 속으로 사라지고 있다

한 참 시간이 지난 후에야
놓쳐버린 날들이 그립고 아쉬워
뒤늦게 알찬 다짐 해봐도
내 몫으로 주어졌던 날들은
흐릿한 그림자처럼
어제의 흔적으로 남게 된다

갯마을 사람들

사계절 내내
물때에 맞추어 사는 갯마을 사람들

초승달이
바다를 끌고 멀리 나가면
따라오라 손사래 치는 물결 따라
스멀스멀 끌려 나가는 갯마을 사람들

아득히 펼쳐진 십 리 갯벌에
경운기 소달구지 앞세우고
남녀노소 앞다투어
굽은 허리 펼 새 없이 내달리는 사람들

밀려 나간 수평선 위에
고향 집 부모 생각 아른거릴 때면
휘파람 인양 내 쉬는
북에서 온 아줌마 안도의 숨소리

어느새
쏴 쏴 소리치며 밀려드는 물결

하루치의 풍요를 한 짐 가득 걸머지고
희희낙락 돌아오는 보람의 바닷길

물때에 맞추어 사는 갯마을 사람들은
밤과 낮이 따로 없이 항상 바쁘다

만남과 헤어짐

고고성 지르며 눈을 떴을 때
부러울 것 하나 없는 세상이
벌써 나를 기다리고 있었나 보다
평생 전후좌우
얽히고설킨 인연에 끌려
낯선 세상을 헤매고 살았지만

헤어짐의 순간 따스했던 정情은
그리움으로 남게 되고
보내는 사람 떠나는 사람 모두
애잔한 뒷모습뿐인데
헤어짐은 곧 만남을 기약하는 것
좀 더 기다려 볼 일이다

정의와 불의 사이

정의는 정의대로
불의는 불의대로
제 주장만이 옳다고
우겨대는 혼돈의 세상

밝은 대낮엔 정의가 살아있고
어두운 밤엔
불의가 정의 인양 활보한다

양심과 비양심 사이에서
겨끔내기 하는 지금
법을 잘 아는 자
법 어기는 방법도 잘 알고
법을 모르는 자
법 어기는 방법도 모른다

힘없는 민초들
어제도 오늘도 그냥 그렇게
양심의 소리 기대하며
눈치만 보고 살아갈 뿐이다

인간 자격증

세상에 태어나서
출생신고를 해야
인간 자격이 부여된다

주민등록 고유번호 숫자 몇 개가
평생 그 사람의
가치이며 권리가 된다

삶의 굽이마다 필요한
여러 증명서 중에 도덕성 인증
인간 자격증은 왜 없을까?

훈장처럼 자랑스럽게
앞가슴에 달고 다닐 수 있는
떳떳한 인간 자격증

면접시험 청문회가 필요 없고
그것 하나면 통할 수 있는 사회

할머니들 거짓말

평소에
홀로된 할머니들 모여 앉으면
입버릇처럼 하시는 말씀
살 만치 살았으니 죽어야지
쑤시고 절리고 안 아픈 곳 없으니

영감 곁으로
하루빨리 데려갔으면 좋겠다고
갖은 엄살 다 부리더니
코로나 예방주사 맞으러 가라는
스피커 방송 소리에
모두들 앞다투어
지팡이 챙기느라 부산하다

가로림만 자랑

내 고향 가로림만에는 내륙 사람들이
그렇게도 소유하고 싶은 귀한 것이 있다

몰래 가져갈 수도 없고
내 주어도 끌어갈 수도 없는 그것
조상들이 대대로 퍼마시며 살았고
후손들이 마음껏 헤집어
성찬을 즐기는 바다와 갯벌이 있다

북아메리카 해안보다 더 아름답고
아마존 하구나
북해 연안보다 더 으뜸인 가로림만의 갯벌
서해안에 가장 값진 생명의 보고

이름도 아름다운
노랑부리백로, 검은머리물떼새
알락꼬리도요, 점박이물범, 어패류까지

먹이사슬의 질서 속에
아낌없이 주고받는 귀한 생명들

그 넓고 깊은 풍요의 성전에서
짭짤한 진기
무진장 즐길 수 있는 가로림만에는
아름다운 바다와 갯벌이 있다

사라지는 것들

보호종 반열에 올라
귀한 대접을 받아 왔는데
환경 변화에 견디지 못하고
시나브로 사라지는 것들

어릴 적 기억에 남은
여치, 쓰르라미, 소쩍새, 부엉이
장마철 맹꽁이, 두꺼비 울음
해 질 녘 논두렁 뜸부기 소리

열매 맺어주는 곤충마저
알게 모르게 사라지고 있으니
곤충이 사라지면 먹거리가 줄어
허기진 재앙의 그날이 오면
인류도 점점 사라진다는데

고향 사랑

가야산에 안거한 마애삼존불
수정봉 능선에 해 떠오르면
잔잔한 그 미소 눈부시게 아름답다
해미읍성 국제성지 순례객 모여들고
개심사 쇠 북소리 누리에 퍼질 때
복 받은 이 고장 선한 민생들
행복의 화원에 꽃씨를 뿌린다

푸른 초원 한우 목장 송아지 울음소리
대산항 출항하는 국제선 기적 소리
황금산 코끼리 물 마시는 한나절
가로림만 돌아오는 삼길포항 유람선
천수만 노을빛 간월암에 물들 제
만선의 뱃고동 풍요로운 포구
철새무리 흥겨워 떼 지어 춤을 춘다

서산 사투리

산천 아름답고 인심 좋은 곳
들녘사람, 갯가 사람 모두 어울려
주고받는 토박이말 서산 사투리
삶의 희로애락喜怒哀樂이
양념처럼 배합된 구수한 찌개 맛
시장 골목 선술집 좌판 옆에서
논 밭두렁 일터에서
흙냄새 향긋한 토종 우리말
대를 이어 전승되는 서산 사투리

'어디서 오셨어요'
'스산서 왔는디유 ~ 그런 건 왜 묻는대유 ~'
'말이 정겹고 여유가 있어서요'
'얘 그러쿠먼 유 ~ 잘 알 것 쓔~'
'스산 사람들은 유 ~ 맴 씨가 착허구 유 ~'
'말은 좀 느려두 유~
'행동은 겁나게 빨러 유~'

어느 날의 푸념

속상할 때는 하늘을 본다
천 길 허공에
흘러가는 흰 구름
모였다가 흩어지고 다시 모이는
화해와 용서의 구름을 본다

마음이 아플 때는 거울을 본다
거울 속에 비친
일그러진 얼굴
날 보고 있는 두 눈동자
도대체 너는
관용을 모르느냐고 묻는다

운동화 두 짝

오랜만에 신발장을 정리하다가
구석진 모퉁이에 웅크리고 있는
낡은 운동화 두 짝 발견했다
나랏일 하느라
동분서주하던 젊은 날
아끼며 사랑했던 운동화 두 짝
퇴역한 위인처럼 초라한 몰골로
헤지고 망가진 모습에
어른어른 스치는 과거의 내 그림자

무거운 체중 감내하며
한마디 불평 없이
숱한 인고의 시간 짊어지고
논밭 두렁 진창길 누비며
평생 희생한 고마운 운동화
버릴까 말까 망설이는데
내 눈치만 살피는
애원의 눈빛 두려워

선 듯 버릴 수 없는 헌 운동화

떠오르는 기억 보릿고개

민달팽이의 지혜

벌거벗은 몸
세상이 두렵고 부끄러워
조용히 은신한 채
촉수 더듬어
불안을 감지하며 산다

용기 내어 몸을 최대 낮추고
조심스럽게
돌다리 건너가는 불안한 일상
공자의 지혜를 생각하며
논어 한 줄 불경처럼 외우며
기어가고 있다

호산록湖山錄을 아시나요

고경명 군수 권유에 따라
한여현 부자父子 땀 흘려 남긴 자취
내포의 옛 모습 선연한 역사
생생한 기록 살아서 꿈틀거리네

간월도에 닻을 내린 정신보 유현儒賢
이 땅에 일찍 성리학을 전파했고
이름 없던 이 고장에
서산 이름 받아 온 양열공 정인경
안견 화백 고향이 서산임을 알려주네

충효열 옛 선비 거룩한 발자취
책갈피 곳곳마다 빛나는 향토 역사
진토에 묻혀있던.이름 없던 원석이
찬란한 보석 되어 세상을 밝히니
보배로운 유산 호산록이 있다네

온천에서

온천에는 따스한 평화가 흐른다
빈부, 귀천, 인격의 차이 없는
수평의 평화가
포근한 안개처럼 피어오른다.

세상사 숱한 방황 속
오염된 징계 말끔히 씻고
허울 좋은
가식의 치장 모두 벗어놓은 채
새로 태어난 원초적 모습

눈 감고 수평선에 기대면
지구의 심연에서 솟아오르는
따스한 율동의 포말들이
포근하고 평화로운 명상 속으로
조용히 끌고 들어간다

봄은 다시 오는데

정년 퇴임한
어느 거물급 사장님의 빈 의자엔
예쁜 꽃무늬 새 방석이 깔리고
갈색 잎 머물다 떠난 자리엔
소록소록 새싹 움트는데
푸념 섞어 내쉬는
농부님 한숨 소리에
오던 봄이 두려워 머뭇거리고 있다

어항 속 맴도는 물고기처럼
돌고 돌아도 항상 그 자리
탈출구도 알 수 없는 흙먼지 속에
울화 치미는 속내도 모른 채
때가 되었다고
어김없이 고개 드는 노란 새싹들
원망스런 마음이야 야속해도
어쩔 수 없는 운명인 것을

속상해도 더 참고 기다려 본다

낙엽이 전하는 말

바람에 힘없이 떨어진다고
함부로 낙엽이라 비웃지 마라

한평생 모든 고난 인내하며
푸르른 열정으로
숱한 생명 보듬어 안았고
미래의 번영을 위해
자연의 이치에 순종하며
은퇴의 순간을 맞이한
거룩한 몸짓이다

낙엽이란
버림받는 티끌이 아니라
새로 태어날 생명을 위하여
자리를 비워주는
영광의 배려일지니
그대여 그간
악착스럽게 지켜온 권좌
순순히 내어준 적 있는가!

낙엽은 은퇴의 교훈을 전하는
자연의 거룩한 몸짓이다

해변에 앉아

물결 출렁이는 바다를 보면
콧노래가 절로 나온다
일상에 찌든 마음의 얼룩도
삶의 굽이에 맺힌 우울도
파도에 씻겨 두둥실 떠내려간다

천기 받아 용케도 발아하여
양수 속을 헤엄치고 자란 몸
항상 바다가 그리운 것은
원초적 본능 때문인가!
문득 생각나는 어머니 품속

황혼의 해변에
늙은 갈매기 한 마리 졸고 있다

보리밭 추억

이른 봄 새싹 돋아날 즈음
댕기 머리 동네 누님 친구들
달래 캐려 호미 들고
보리밭 헤집었지

누런 보리밭 사이
까투리가 숨겨 놓은
꿩 알 몇 개 얻는 날은
억세게 재수 좋은 날

황금물결 하늘가에
높이 뜬 종달새
풀피리 만들어 불던 시절
깜부기 먹던 까만 입술

유년의 그 친구들
어디서 어떻게 늙어갈까?

갈대의 춤

바람에 머리채 잡혀
흔들리는 것은
힘이 없어 휘둘리는 것이 아니다

멀고 먼 여정의
바람 길손 영접하여
가야 할 방향을 안내하는 것이다

때로는 바람과 같이 춤추며
어깨를 내어줄 줄도 알고
부드러운 가슴으로
흰 구름과 노닐 줄도 안다

우직한 세상과 맞서면 꺾인다는
만고의 이치를 알기 때문이다

산을 오르는 이유

숱한 발길들이 짓밟아도
말없이 등을 내어주고
편안히 누워있는 산

채이고 쥐어 뜯겨도
한마디 불평 없이
모두 안아주는 너그러움
생명의 원천 물을 품고
먹거리 공짜로 내어주며
모든 생명을 보듬는 산

오르면 반드시 내려가야 하는
그 거룩한 교훈을 배우려
남녀노소
줄줄이 따라 오르고 있다

시절詩節스런 사람

그 사람은 어려서부터
몹시 허기를 견디며 살았다.

마음은 여렸지만
의지와 신념은 강했다
약자 앞에 서면 눈물이 많았고
강자 앞에선 강경했으며
불의와 타협할 줄 몰랐고
정의 앞에선 더욱 당당했다

거짓을 모르고 살았으며
이재에 어두워 셈할 줄 모르고
자연과 벗하여
산천을 가슴에 품고 살았다
동행 없이도 여행을 즐겼으며
한 구절 시어를 찾기 위하여
촛불로 밤을 태우기 일쑤였다

그래서 시인은

시절스런 사람이라 했나보다

* 시절스런 : 바보 같은

카멜레온의 마음

앞에서 미소 짓던 고운 얼굴
돌아서면 변하고 있다
천사의 얼굴로
찬사를 외우던 혀가
뱀의 혀로 변하는 것처럼

눈앞에선 봄꽃 향기요
돌아서면 쌀쌀한 겨울바람이라
앞뒤가 다른 심리는
인간의 원초적 죄악 때문인가!

곱게 화장한 얼굴
화장 지우니 꼴사나운 몰골

어느 봄날에

어느 봄날 너는 한 송이 꽃이었다
순진무구의 티 없이 고운 얼굴
그 손길 스쳐 간 책상 위엔
항상 히아신스 꽃향기 가득했지

철없이 서울로 떠나던 날
어느 호숫가 허전한 모퉁이
잔잔하던 물결엔 심한 파문이 일었고
애틋한 마음엔
우수憂愁의 찬바람 스쳐 지났지

어느덧 반세기가 지난 지금
귀여운 딸 낳아
제 삶의 영역 펼쳐 나가고
손주들 부산 피우는 재미에
행복하게 산다는 소식
그것은 최고의 가치이며 복이다

자식 사랑

언제나 아름다운 모습
해가 갈수록 더 사랑스럽다

모두 골골이 흩어져
가정 이루어 세상을 밝히니
고맙고 감사한 마음이다

받들어 주는 정보다
더 깊이 사랑하는 부모 마음
사랑은 날이 갈수록 깊어지고
마음은 날이 갈수록 약해진다는 것을

너희들은 아는지 모르는지

비거飛車 하늘을 날았다

임진왜란 당시 진주성 상공에 비행기가 날았다
사람을 싣고 삼십 리를 날아
왜적으로부터 인명을 구출한 비거
천구백팔 년 서양의 라이트형제가 만든 비행기 보다
삼백여 년 먼저 김제 사람 정평구가 만든 비거
따오기 모양으로 생긴 이 비행기는
풀무질로 공기를 넣고 상승기류를 이용 하늘을 날았고
인명과 식량, 무기를 운반했다

라이트형제여 이런 사실이 의심되면
일본의 역사서 왜사기倭史記나
신경준의 여암전서 권덕규의 조선어문경위를 찾아보라
그래도 의심되면 선조실록宣祖實錄을 찾아보고
공군사관학교 전시실을 찾아가 비거의 모형을 보라
우리 선조들은 세계 최초 비행기를 만들었고
화포를 만들었으며 철갑 거북선을 만들고
주조 활자 인쇄술을 개발했으며 한글을 창제했다

위대하고 자랑스러운 우리 민족 한국

첫 시집 내던 날

내 첫 시집 이름은
'밤에 뜨는 태양'이었다

시집을 내놓으니
밤에 뜨는 태양이 있느냐는
질문이 많았다
나는 반문했다
낮에 뜨는 태양이 있느냐고

과연 태양은
낮에 뜰까 밤에 뜰까
낮에 뜨건 밤에 뜨건
태양이 없으면 지구도 없고
너도 없고 나도 없다

내 시집 속엔 항상
밤에도 태양이 뜬다

이 길 저편

이 길 저편엔
날 기다리는 누군가 있다

그가 누군지 알 수 없지만
만나고 또 헤어지고

인연의 설계에 따라
운명처럼 만나고 헤어지는 길

오늘도 날 기다리는 누구를 위해
길을 따라 걷고 또 걷는다

몇 번이던가
용케도 참으며 비켜 간 순간들
몇 해이던가
남의 장단에 춤을 춘 세월
이젠 다 체념하고 굳어버린 모습

홀로 웅크리고 앉아
일그러진 자화상을 그리고 있다

편세환 시집

2부
자화상을 보며

바람 따라 흘러가는 분수령 고갯마루
제 갈 길 잊은 채
남의 굿판에서 춤을 추다 방향을 잃고 쓰러진
어느 초라한 이름의 허상을 본다

도서관에서

숱한 석학들이 고뇌의 시간을 땀으로 빚어
켜켜이 쌓아 올린 고층 만물상
눈망울에 비친 우주 만상의 신비로운 이치가
별빛처럼 반짝이고 있다

고서 틈에 웅크리고 앉은 고대인의 바쁜 숨소리
퀴퀴한 곰팡이 내음 풍겨도
그 냄새 속에 한숨처럼 녹아있는 눈물겨운 과거가
보약보다 소중한 양식이 되어 가고 있다

모두들 서로 모른 체 칸막이 경계로 돌아앉아
보물 찾듯 반짝이는 눈망울들
자연의 섭리와 우주의 질서를 밝히려
도서관의 불은 꺼지지 않고 있다.

해미 국제성지

숱한 생목숨 뒤엉켜 숨진 곳
얼어붙은 여숫골 진둠벙 밑에서
바람 소리 인양
쉼 없이 절규하는 울음소리
남녀노소 젖먹이 소리까지

어두운 세상에 천둥 치던 그날
단 한 번의 재판도 없이
구제역에 매몰된 우공牛公처럼
예수여 성모여
외쳐 부르며 죽어간 목숨들

긴 세월 기다려도 대답 없는데
한 맺힌 영혼들 위로인가!
국제성지란 찬란한 이름
그 반짝이는 금빛 푯말 아래
참배객 몰려와 기도하는 국제성지

고로쇠 물

살생을 즐기는 인간들은
동물의 제왕인가, 만물의 영장인가!

살아보겠다고 겨우내 혹한 인내하며
봄기운에 새 힘 받아 기지개 켜는데
살 속 깊숙이 쇠 빨대 꽂아
수혈마저 수탈하는 인간들

고통 속에 절규하는
수목의 외침도 알아듣지 못하고
좀 더 오래 잘 살겠다고
달콤한 수액 빨고 있는 우리는
자연에 대한 틀림 없는 죄인이다

해와 달

변함없은 열정으로
무한의 허공을 돌며
사계절 어김없이 지켜온 약속
가끔은 먹구름이 앞을 가려도
언젠가는 스스로
비켜서리라는 것을 알기에
인내하는 너그러운 마음 해님

황혼빛 가시기도 전에
초란이蕉蘭伊처럼 나타나
해를 쫓는 초승달
날이 갈수록 변해가는 모습은
믿을 수 없는
그 사람 마음 같은 달님

미소 띤 보름달로 남아
항상 변하지 않았으면

봄바람

묵은 고목에도
파란 새순이 돋는다
얼어붙었던 강물 다시 흐르고
온기 도는 강산에
새 생명 꿈틀거린다.

파란 하늘에 펄럭이는 깃발
먹먹했던 가슴에
시원한 봄바람 불어와
온몸에 힘찬 맥박 소리

산골짝에 얼었던 물
강이 되고 바다 되어
항구마다 무역선 기적 울리고
짐 실은 화물열차
대륙으로 달려 나갈 봄바람

나이 탓

밤새 궁궐을 지었다 허물었다
오솔길 거닐며
주고받았던 이야기까지
새삼스레 다시 들리는 새벽

허공에서 떨어지는
가벼운 깃털처럼 하나
바람에 실려
허공을 맴돌이하던 내 몸
어느 나뭇가지에 걸려
몸부림치다 깬 심란한 밤

밤새도록 뒤척인 선잠에
밝아오는 새벽
천 근의 무거운 머리
불면증인가, 나이 탓인가!

커피를 마시며

따스한 커피를 마시면
까만 피부의
여린 손길이 생각난다

나뭇가지마다
태곳적 전설처럼
송알송알 맺힌 땀방울

열대 숲속을 몇 번씩 뒤적이며
긴 여정으로 내 앞에 앉은
인고忍苦의 누런 향기

잠들었던 유년의 기억
검은 무쇠솥 구수한 누룽지 향이
커피 향처럼 후각을 깨운다

눈동자

거울에 비친 눈동자
자세히 들여다보니
생각나는 얼굴들이 떠오른다

사랑을 베풀었던 사람
그리운 얼굴
희미하게 떠오르는 모습
언 듯 생각나는 이름

마주 보는 눈동자 속에
여릿여릿 과거가 보이고
희미한 미래가 보인다

조상님들 근엄한 말씀
정겨운 목소리가 들린다

시인의 환상

시인은 침묵의 바위와도 대화하고
강변에 뒹구는 물결과 노래하며
실버들 어깨춤에
함께 춤추는 자유로운 바보
신비한 귀를 지니고 있어
만물이 속삭이는 귓속말까지 받아 들으며
낭만을 노래하는 바보다운 바보

때로는 은하수 물결 위에
쪽배 하나 띄워 놓고
자작 술 몇 잔에 취해
세상사 잊은 채 혼자 흥얼거리는 멍청이

귀하신 양반들 바보라 비웃어도
멍청이 바보답게 얼씨구 좋으리니
모두 멍청이 바보 되어
허깨비춤이라도 함께 추었으면

고사상告祀床 앞에서

옛 조상님들은
하늘을 몹시 두려워했고
천둥소리에 무조건 용서를 빌었다

달무리 보며 날씨를 짐작했고
고사 지내며 안과태평 기원했다

만사는 운명 인양 신께 의지하고
한평생 고뇌 없는 삶을 원했다

무식하거나 미개해서가 아니요
마음 다스리는
고차원의 주술적 지혜가 있었다

뿌리를 생각하며

대서양에서 인도양 거쳐
태평양 건너 서해로 떠밀려 왔겠지
그 먼 길 파도를 타고
밀려온 작은 씨앗
낯선 모래땅에 뿌리내리고
작은 군락을 이룬 외래종 식물

우리네 먼 조상님들
아프리카에서 시작되어
유라시아를 건너 몽골 사막을 거쳐
한반도에 터를 잡고 뿌리를 내렸다지
숱한 살생의 죄를 범하며
대를 이어 살아온 우리는 과연 누구며
어디서 어떻게 뿌리 내렸을까
한번 생각해 볼 일이다

밥 친구

친구라는 말을 들으면
가슴 훈훈한 기운이 돈다
철없던 유년의 소꿉친구
학창 시절 동창생
전우와 이웃집 술친구
그들과 가끔은
아옹다옹 아귀다툼도 했었지

쉼 없이 달리는 인생 열차
그리움 보따리 하나 남긴 채
슬며시 하차한 여러 친구
차창 넘어 그림자처럼
시나브로 사라져 가고
종착역에 마주 앉은 한 사람
아내라는 이름의 친구
가장 다정한 평생 밥 친구

초침과 분침

너는 해와 달을 따라잡으려
동에서 서로 쉼 없이 내 달리지만
내 마음은 가끔 서에서 동으로 간다
뒤돌아보지 않고 앞만 보고 내달리는 너는
하루 지나면 다시 원점이 된다

한가히 게으름 감상하며
내 마음대로 단조롭게 그어놓은
일상의 설계도 포물선에 따라
그 고갯길을 더듬더듬 오르내리며
느긋하게 사는 여유를 배운다

시침은 바쁘게 앞으로만 내달리고
내 마음은 가끔 거꾸로 돈다

아름다운 소리

내 고향 가야산 솔바람 소리
바다 내음 향긋한 간월도 파도 소리

유치원 아이들 재잘대는 희망의 소리
동부시장 와자지껄 삶의 목소리

황혼 녘 만선의 뱃고동 소리
황금들에 추수하는 콤바인 소리

철새무리 군무의 합창 소리
경로당 노인들 윷가락 던지는 소리

고개 숙인 해바라기

세상에 겁도 없이
중천에 높이 뜬 해를 닮으려

긴 목 힘줄 돋우어
외다리 까치발로 설치더니

지나는 세풍世風에
상처받고 고개 숙인 해바라기

조용히 엎드린 이름 없는 풀꽃들
야릇한 웃음 웃고 있다

봄소식

훈훈한 입김에
부풀어 오르는 흙살 앞가슴
그 속에서 꿈틀거리는 무엇이 있다

나무 둥지에 귀를 대면
가느다란 숨소리 맥박 소리
지기로 밀어 올리는 봄기운
대지의 초목들
와와 다투어 아우성이다

심란한 봄바람은
갈피 잡지 못하고 방황하는데
우수경칩의 개구리 떼
봄노래 한가락 구성지다
신입생들 학교 가는 이른 아침
농기계 손질하는 바쁜 손길
풍년 기원하며 씨앗 준비 한창이다

도라지꽃

아름답다 예쁘다 칭찬하면
교만해지는가

조상 대대로
고개 숙일 줄 모르는 높은 콧대
심술궂은 비바람 몰려오면
잠시 무릎 꿇고 엎드렸다
다시 고개 드는 요사스런 꽃

보랏빛 얼굴에
하늘을 쏘아보는 오만한 눈빛
누가 그 이름을
자애롭고 영원한
행복의 꽃이라 했던가

겸손함 속에
진정 아름다움이 있는 법
겸손을 모르는
도라지꽃은 향기가 없다

춘란

예쁠수록
스러짐이 더욱 서럽다

깊은 계곡
아담한 양지에 터를 잡고
따스한 봄볕 반기며
수줍은 미소 머금은 춘란

화려한 잡꽃들
깔깔대며 수다 떨어도
못 들은 체
고고한 자태 체통을 지키며

보듬어 주는 이 없어도
봄바람 친구삼아
가슴속 품었던 향기
팔방 계곡에 날리고 있다

수선화 향기

어머니가 만들어 놓고 가신
작은 화단에
봄마다 노란 수선화가
곱게 피어 미소 짓는다

눈웃음치는 꽃 속에서
인자한 어머니의
잔잔한 미소가 보이고
꼬부랑 꽃대
어머니의 모습처럼
봄바람에 어른거린다

수선화 옆에
조용히 앉아 있으면
어머니의 향긋한 살냄새
풋풋한 땀 냄새가 난다

달맞이꽃

환한 대낮에
고개 들기 부끄러워
조용한 달밤에
홀로 미소 짓는 고운 얼굴

지은 죄 없어도
조상이 저지른 업보 때문에
속죄하는 마음으로
달밤에 몰래 피는 꽃

밝아오는 여명이 싫어
눈가에 서린 애잔한 눈물
달빛 부여안고
머리 숙여 기도하는 꽃

만추의 들꽃

양지바른 길가 터를 잡고
벌 나비와 춤추며 놀더니
무서리 채찍에 고개 떨구었다

화려했던 기억 더듬으며
채 나누어주지 못한 꽃향기
가슴속에 고이 품고 있다

북녘에서 달려오던 동장군
먹구름 속에 머뭇거리는데
만추의 들꽃들
두려움에 몹시 떨고 있다

계암鷄巖농원에서

너도밤나무와 나도밤나무 사이
율곡栗谷의 전설 흐르는 숲속
한여름 내내 지기 빨고 천기 받아
보은으로 맺은 열매 쏟아지는 한나절
재잘거리는 꼬마들
알알이 흩어진 밤알 주워 담는 손길

체념의 몸짓인가!
가시 갑옷 앞섶 풀어 헤치고
속살 드러낸 채 누워있는 밤송이들
후두둑 알밤 떨어지는 소리에
풍요를 내던지고
도망치듯 떠나려는 가을 여신

밤나무 그늘 밑 그늘에
은빛 머리 날리며
낭만의 시어 주워 담는 계암 선생
눈가 잔주름엔
유년의 추억 잔잔히 흐르는데

또 하나의 시집 속엔
알밤의 향기가 어떻게 담길까

색소폰 소리

고요한 밤 색소폰이 울면
마음엔 벌써 평화가 흐른다
천상의 소리가 내려와
숲속 지나가는 바람 인양
깊이 숨어있던 가락이
갈대 줄기 타고 흘러나와
허공에 맴돌이하는
아름다운 자연의 소리

애잔하게 흐느끼다
때로는 흥겹게 들먹이는
칠색조七色鳥의 목소리
마우스피스의 터널을 지나
오선지에 매달린 음표 따라
토해내는 환상의 곡조
자연의 숨소리

아카시아꽃

가시 사나워
쓸모없다 괄시받던 아카시아
하얀 꽃망울 조용히 터트리면
그 향기 만방에 퍼져
꿀 잔치 한마당 푸짐하다

산야에 널려있는 아카시아
아낌없이 베푸는
달콤한 부富의 향연
하얀 춤사위는
짧은 순간에 막을 내리고

허탈한 가슴에
체념의 몸짓으로 서 있는
아름다운 꽃나무
고개 숙인 선녀의 모습
아카시아는
꿀나무인가 꽃나문가

희야꽃 한 송이

온기마저 사라진 메마른 공간
오랜 세월 인내하며
아름답게 피어난 희야꽃 한 송이
비옥한 터전 풍요의 꿈을 꾸었지

어느 날 갑자기 내린 찬 서리에
베란다 모퉁이 철 지난 화분처럼
메마른 꽃잎으로 스러지는 날
잃어버린 풍요의 꿈은 어디서 찾을까?
불안한 터전에 뿌리 내린
희야꽃 한 송이

나문재 숲에 앉아

천수만 물결 위에
잔잔한 아침 햇살

나문재 숲속 동화 나라
산길 굽이마다 수국 향기

멜리아 산장의 고요는
산새 소리에 단잠 깨는데

오솔길 발자국 따라
연인들의 그림자

수많은 보랏빛 꽃송이들
시샘하듯 엿보는데

오가는 정담 속에
한가로운 아침 산책

수선화는 먼 곳을 본다

봄의 전령사 순결한 수선화
어여쁜 여인의 자세로
조용히 고개 숙여
먼 지평의 봄을 바라본다.

따사로운 햇볕
포근한 땅의 기운을 받아
봄바람 리듬을 타고
먼 지평으로 오는
봄을 맞이하고 서 있다

수선화는 항상 먼 곳을 본다

자화상을 보며

준마駿馬의 등허리 같은
분수령 정점에서
바람 따라 변하는 초라한 운명을 본다
동서남북 갈림길
애당초 가고 싶은 길은 따로 정해져 있어도
제 뜻대로 갈 수 없는 운명의 길

바람 속 빗줄기처럼
동풍이 불면 서쪽으로 서풍이 불면 동쪽으로
바람 따라 흘러가는 분수령 고갯마루
제 갈 길 잊은 채
남의 굿판에서 춤을 추다 방향을 잃고 쓰러진
어느 초라한 이름의 허상을 본다

상하좌우 둘러보아도
눈에 보이는 것은
먹고 먹히는 살벌한 싸움터
하루살이처럼 단 하루를 살아도

서로를 사랑하며
마음 편히 살고 싶다

편세환 시집

3부
무지개처럼

너와 나 함께하면 우리 사이
가장 정겹고 친밀한 사이
사랑하는 사이 우리
하나 되어 어깨동무하고
무지개처럼 살았으면……

월력月曆이

그의 생일은 정월 초하루
태어난 시각은 영시 정각

그 넓은 가슴 정원에
해와 달과
별들의 놀이터 만들어
삼백육십오일 절후 따라
때를 알려주고
밀물 썰물의 호흡에 맞추어
기류氣流의 방향과
어부의 길을 안내하는 길잡이

열두 종류의 동물을 기르며
해年와 달月 날日과 시時마다
삶의 목표를 세우고
희로애락의 고개 넘어
인생길 알려주는 어여쁜 얼굴
서로 마주 보며
불러보는 이름 월력이

가을의 흔적

이른 봄부터 새싹 움터
한여름 세상 구경 두루 하고
맑은 날 궂은날
인내하며 여문 보람
이제 말없이 고개 숙여 자숙하는 계절

쓰르라미 노래 철 지나고
골골이 짙어가는 능금빛 국화 향기
수풀 속 풀벌레
목청 돋우는 달밤
허공에 둥둥 북소리 요란하다

간사스러운 몸짓으로
줏대 없이 흔들리는
흰머리 억새꽃
세상 엿보는 얄미운 눈짓은
긍정도 부정도 아닌
싸늘한 가을의 흔적으로 남는다

비 내리는 창가에서

상하좌우 귀천의 어울림 속에
좌표 없이 방황하는 포물선을 타고
시간의 채찍 아래
쫓겨 다니는 오늘의 군상들
성선설과 성악설 사이의
넓고 넓은 바다 위를 표류하며
양심의 키를 잡고
때로는 역류하는 파도와
맞서야 하는 외로운 항해사들

바람에 머릿결 날리며
쏜살같이 스쳐 간 세월 앞에
켜켜이 쌓인 보화 인양
녹슨 시간 들을 셈하고 있지만
우리는 지금
이름 없는 하나의 미물
인격의 저울 위에
죄인처럼 매달려
오르내리는 눈금의 수치를
가늠하고 있나 보다

골프장 풍경

한여름 뙤약볕에
등을 내주고 엎드린 푸른 잔디
감사할 줄 모르고
짓밟으며 즐기는 그들은 누구

끈질기게 뒤를 쫓으며
무조건 내려치는 무서운 철퇴
죄 없이 온종일 매를 맞으며
데굴데굴 구르며 순종하는 희생

어지러운 세상사
심상心傷의 고달픈 일 많아도
불평은 인내로 삼키고
침묵으로 순종하는 너와 나

후회

비 오는 날 우산은
하늘 밑 작은 하늘이다

비바람 세차게 몰아치면
심히 흔들리고

역풍으로 막아서 잡지 않으면
우산은 힘없이 뒤집힌다.

한 번 뒤집힌 우산
아쉬워도 쓰레기로 버리게 되고

쓸모없다 버림받은 우산
네 탓 내 탓으로 후회할 뿐이다

가을 단상

소슬바람이
가랑잎을 안고 뒹구는 숲속
낙엽 사이로
알밤을 물고 달리던 다람쥐는
내일을 기약하며 땅을 판다

수풀 속 사이사이
미물들의 애절한 절규는
울음이 아니라
영원히 대를 이어갈
사랑의 변주곡

허수아비도 사라진 들녘
늙은 농부님들
땀방울로 여문 곡식
한입에 삼킨 콤바인
심한 토악질로
풍요를 쏟아내고 있다

보물 상자

젊은이에게는 반가운 친구요
늙은이에게는
한없이 궁금한 요물단지

예전 같으면
귀신들이 사는 귀신 단지
석학들의 지식이
손바닥 안에 들어와
춤추는 보물단지

시들어 가는 세대들은
요물단지 매만지며
무상한 세월 앞에
한숨만 쉬는데

요물단지 인지
보물단지인지 알 수 없는
스마트폰 상자
항상 매만지며 산다

골목의 절규

피워보지 못한 꽃봉오리 오염되지 않은 순수한 젊음이
광란의 물결에 밀려 한마디 유언도 삼킨 채
용트림하며 승천하던 날

국적 없이 벌어진 거리의 굿판
서양의 어느 도시 뒷골목 마약에 취한 영혼들이
하루살이처럼 군무를 즐기다가 목숨 버리는데

누구의 잘 잘못을 탓하랴만
이승과 저승의 갈림길 앞에서 애도하는 마음은
불쌍한 넋을 위로함이요 모두의 슬픔을 달래려 함이다

천둥소리

세상을 굽어보던 하늘이 분노한 듯
장맛비 몰아 천둥 치면
지은 죄 두려워 마음조인다

허공 울리는 천명의 소리
그 성스럽고 엄한 울림에
시들어 가던 숱한 생명들
제 몸 추슬러 일어서고 있다

번쩍이는 불빛
알아들을 수 없는 천명의 소리
조용히 두 손 모아 숨죽이며
속죄하는 마음 스스로 다스린다

민들레 꽃씨처럼

겨우내 지하에 웅크리고 있다가
따스한 봄 햇살에 고개 들고나와
개나리꽃 시샘하며 노랗게 웃는 얼굴
여러 자식 단칸방에 북적대다가
미지의 세계로 보내고 싶은 욕망
하얀 면사포 둘러씌우고
천사처럼 떠나보내는 우주여행

끝없는 허공 마음껏 유람하다
복 받은 자식 명당에 자리 잡고
욕심쟁이 옹고집
메마른 땅에 버림받게 되지
인연에 끌려 운명처럼 떠도는 인생
천리가 운명이요 운명이 인연인 것을
민들레 꽃씨처럼 떠도는 인생
마음 비우면 복이 온다

길

길에는 숱한 이야기가 있다.
바람 소리 인양
살랑살랑 들리는 태곳적 이야기

어디서부터 시작되어
어디서 끝나는지 길인지 몰라도
켜켜이 쌓인 발자국 위에
희로애락의 숨소리가 들린다

오고 가는 발자국 자국마다
삶의 흔적을 남기고
나는 오늘도 길 위에서
가쁜 숨 몰아쉬고 있다

달리는 사람들

높은 빌딩에서
아득한 세상 내려다보면
오가는 자동차 물결은
갯벌에 우글대는 능쟁이 떼
아귀다툼에 분주한 인간도
작은 개미떼 미물로 보인다

우주에서 태어나
제 나이도 생일도 모르는 지구
거기에 붙어사는 많은 미물 들
백 년을 산다고 으스대는 인간도
어쩔 수 없는 하루살이

무엇이 그리 바쁜지
뛰고 달리고 날아다닌다

* 능쟁이 : 갯벌에 사는 게의 일종(지방 사투리)

꿈속 세상

달은 서쪽에서 뜨고
해는 동쪽으로 지는데
물구나무로 서 있는 사람들
이정표도 없는 십자로에서
길을 잃고 방황하고 있네

물은 바다에서 강으로
강에서 산 위로 흘러가고
푸른 대지에서
지기 빨며 살던 식생은
허공에 뿌리 내민 채
갈증에 목말라 발버둥 치네

지하철에 몰려든 군상들
거대한 객차 밀고 끌며
어딜 가려고 비지땀 흘리는지
활주로엔
고장 난 여객선 기적 울리네

깨어보니 모두 꿈속 세상

젊음이여

그대 지금
큰소리치지 말고
좀 더 기다려 보라

때가 되면
자연스레
알게 되리라

시간은
참된 스승이며
교훈이란 것을

감사한 마음

따스한 가슴
감사의 마음으로 전하는
아름다운 손길

소록소록 고마운 생각이
쉼 없이 샘솟는
맑디맑은 심연의 깊은 정표

주고 더 주어도 모자라는 것
뒤돌아보며 아쉬워하는
감사한 마음의 선물 상자

수문장 마스크

마음껏 지기 빨고
천기 마시던 자유 그리워
문전 막아 놓고 허우적대는 일상
미소조차 볼 수 없고
가까이할 수 없는 경계의 현실

소통의 길은 자꾸 멀어지는데
사람이 그리워도
진종일 홀로
실루엣 영상처럼 앉아 있는 고독
오나가나 현미경 눈으로 서 있는
수문장 마스크

설날 아침

밖을 내다보니
온 천지가 하얀 세상이다
추한 찌끼 깔끔히 덮으니
가슴 속까지 깨끗한 느낌이다

서설이 내린 설날 아침
경건한 마음으로 조상님 추모하고
사랑스런 가족들 모여
덕담 나누며 흰 떡국 한 그릇 비우면
천하에 부러워할 것 없는
행복한 설날 아침

오늘만은 서로의 허물 물고 뜯는
험한 몰골 보이지 않았으면

뒷모습

이별은 서러울 수도 있고
시원할 수도 있다
그러나 뒷모습은 늘 쓸쓸하다

주었던 정과 베풀었던 마음까지
냉정하게 보따리에 싸 짊어지고
돌아서는 뒷모습은 아쉬움으로 남는다

희미한 안개 속으로
그림자처럼 사라져 가는 뒷모습
흔적으로 남겨진 기억은
되돌아올 수 없는 헛된 기다림이다

바퀴로 돌리는 세상

지구는 본래 둥그니까
바퀴가 없어도 잘도 돌아간다
화창한 어느 봄날 제주 공항
숱한 바퀴들이 돌아가고 있었다

밀고 끌고 다니는 바퀴
화물을 싣고 달리는 바퀴
사람을 싣고
활주로에 구르는 바퀴

지구는 스스로 알아서 돌고
사회는 바퀴가 돌린다
바퀴로 돌아가는 세상에
둥근 돋보기안경 바퀴처럼
나도 어지럽게 돌아간다

세상은 바퀴가 돌리고 있다

친절한 안내자

차 운전하지 않는 사람은
결코 모른다 그 고마움을
여행안내원이나
문화 해설사 보다 더 자세히
안내하는 천혜의 목소리

지나는 지역 주유소와 식당
명승고적 주요 건물 위치
지역 문화 인문 지리 역사까지
친절하게 안내하는 고마움

인공별의 지시에 따라
친절을 베푸는 네비게이션
그가 없던 시절
운전대 잡고 방황했던 기억
과학 문명 덕택에
살맛 나는 오늘의 세상

허깨비춤

바람이 분다 새로운 바람이
힘차게 펄럭이는 깃발에
횃불은 점점 꺼져가는데

그까짓 몇 푼의 체면 때문에
고귀한 양심까지 속일 수 있나

음흉한 얼굴 야릇한 미소
그 속내도 모르면서
덩달아 흔들고 있는 허깨비춤

하늘의 경고

제단 앞에 무릎 꿇고 엎드려
욕심껏 제 소원을 비는 인간들

돈 봉투 입에 물고
누워있는 돼지 신령도
나 몰라라 두 눈을 감고 있다

순리를 무시한 채
쏘아대는 불화살에 노한 하늘

천둥 번개 집중호우로 경고해도
아둔한 인간들 눈치도 못 채고 있다

양심의 소리

하늘 보기 부끄러워
한평생 갓을 쓰고 다닌 김삿갓

제 잘못보다 조상의 죄를 원망하며
가끔 고개 들어
파란 하늘 몰래 훔쳐보았으리

그는 하늘을 본 것이 아니라
구름만 보았다고 변명했을까?

제 양심의 소리
못 들은 척하는 사람들

천둥 치고 비 오는 날
우산으로 하늘을 가리고

아무리 귀를 막아도
더 크게 들리는 양심의 소리

여름 풍경

시원한 바람
싱싱 불어주던 선풍기도
무더위에 지쳤는지
덜덜거리며 열기를 내 뿜는다

느티나무 그늘에 은신한 왕매미
목청 가다듬어
폭염경보 사이렌을 울리는데

헌 벙거지 눌러쓴 늙은 농부
나 몰라라 호미 내던지고
우물가로 내달린다

무지개처럼

오로라 빛보다
무지개가 더 아름다운 것은
한마음으로 뭉쳐
어깨동무하고
아름다운 아치를 만들기 때문
우리 무지개처럼 살았으면

너와 나 함께하면 우리 사이
가장 정겹고 친밀한 사이
사랑하는 사이 우리
하나 되어 어깨동무하고
무지개처럼 살았으면……

홍청대는 도시의 밤
태양은 좌표를 잃고 방황하는데
밤낮이 바뀌는 세상
밤보다 낮이 더 두려운 사람들

오늘도 무작정
거리를 헤메고 있다

편세환 시집

수평선에 오리배 뜨고 실버들 하늘하늘
어깨춤 출 때 쌍으로 드리워진 그림자
기억 속에 떠도는 그리움 한 조각

119209 애물단지

지극히 아끼고 사랑했던 애물단지
가져가라 했지만
가져가고 없으니 허전하다
잊어야지 하면서도 잊을 수 없는 안타까움

수많은 날 굽이굽이 되살아나는 기억
자나 깨나 가슴속에 품고
금 갈세라 깨어질세라
다독이며 보듬어 온 애물단지

돌려달라 말할 수 없는 처지
이미 끊어진 연줄처럼
젊은 날 기억
가득 담아 놓은 보물단지

119209 애물단지 깨어지지 않기를

꾸지나무골

정겨운 마을 이름 꾸지나무골
꾸지나무골엔
꾸지나무는 보이지 않고
아름다운 백사장에 파도만 출렁였다.

솔밭 사이 집을 짓고
반짝이는 별들의
도란거리는 이야기를 들으며
지내온 행복했던 하루

백사장 모래밭에
그리움 몰래 묻어두고
돌아선 꾸지나무골

죽림 온천

남원 가는 길목
한가로운 냇가 죽림 온천
흥겨운 음악 찬란한 불빛이
나그네 영혼을
황홀한 골짜기로 밀어 넣었다.

모처럼의 한가한 휴식 여행
따스한 온천수는
만상의 고뇌를 씻어주고
내일 종말이 온다 해도
걱정할 바 아니었다

단잠마저 달아난 죽림 온천의 하룻밤

작약도

송림 우거진 작은 섬 작약도
예전에는 물치도라 했던 곳
영종도와 월미도에서
팔을 뻗으면 닿을 듯 가까운 섬

운치 있는 해변은
기암괴석들이 어깨동무하고
외로운 등대는
서쪽 모퉁이에 터를 잡고 있다

둘레길 한 바퀴 거닐다가
찾아 든 소나무 식당엔
구수한 생선찌개가 반기고 있었다

은파유원지

장작개비만큼 큰 윷가락이
땅 위에 떨어지면
모가 날까 도가 날까?
달콤한 가래엿 냄새에
주머니 속 천 원짜리
덩달아 발광했지

수평선에 오리배 뜨고
실버들 하늘하늘
어깨춤 출 때
쌍으로 드리워진 그림자
기억 속에 떠도는
그리움 한 조각

독산 해수욕장

주인 없는 땅처럼
한적하고 조용한 송림 사이
바다 조망 으뜸인 자리에 터를 잡고
삼일 천하 제왕처럼 살았다

광활한 바다
발가락으로
모래 속을 헤집어도
바지락 떡조개
고개 내미는 풍요의 바다

한밤중 몰래 빠져나가
숭어 우럭 어린 새끼
그릇 가득 잡아들고
콧노래 부르던 환한 얼굴

황혼빛 아름다운
독산 해수욕장
낚시에 걸려 신음하던

갈매기 한 마리
풀어주고 돌아왔다

월명공원

달빛이 밝아 월명공원인가
달빛 아래 잠든
역사가 밝아 월명이라 했나

슬픈 전설이
하얀 꽃잎처럼 나부끼니
떨어지는 꽃잎은 거룩한 눈물

걷고 또 걸어도
지루하지 않은 등산길
붉은 동백은 웃고 있는데

앞섶 여미고
위령탑에 앞에 서니
지엄하게 들리는 선현들 목소리

춘장대 송림 아래

송림 사이에 텐트 치고
살림 차린 춘장대 해수욕장
어깨로 땅을 파고 누워있어도
즐거웠던 여름밤
쏟아지는 별이 유난히 밝았지

울창한 송림 나뭇가지 사이
재주부리던 청설모 한 쌍
십 년이 하루 인양 아쉽던 시간
해마다 찾은 춘장대 해변
세 모래밭 해당화도 곱게 피었지

영탑사 순례길

면천 상하리 아늑한 영탑사
사계절 내내 아름다운 곳
지혈地血 솟아나는 영천엔
생명수 끊이지 않고
왕매미 노래 메아리로 울린다

본존 금동 비로자나불은
좌우 협시보살이 받들고 있어
일명 삼존상이라 부르기도 하지
언덕길 맴돌아 미륵불에 눈맞춤하고
오 층 석탑 지나 의두암에 이르면
김윤식 선비의 충심을 알 수 있다

연화봉 내포 숲길엔
등산객 발길 끊이지 않고
사랑의 온기
항상 가시지 않는 영탑사

할미바위 옆에서

청상과부로 늙어버린 할미바위
망부석 되어 임 기다리는데
고운 꿈 찾아 떠난 그 사람
지금은 무슨 꿈을 꾸고 있을까?

잊었던 그리움처럼
어른거리는 기억 한 가닥
수평선에 흰 구름처럼 흐르고
함께 나누었던 이야기
파도 타고 들려오는 듯

노을빛 등에 지고
돌아서는 긴 그림자

마馬 섬에 가면

즐비하게 늘어선 맛집들
관광객 입맛 맞추기에 분주하다
수평선이 멀리 달아나면
망태기 든 아낙들 손길 바쁘다

갈매기 먹이
던져주는 꼬마 손님들
용케도 받아 채는 갈매기 기교에
떠나기 아쉬운 즐거운 시간

바지락칼국수 맛도 일품인데
덤으로 따라 나오는
소라 멍게 좋을시고
마주 보는 눈빛 더욱 곱다

유성의 밤하늘

나 젊은 날 군 복무 시절
유성엔 공군 목욕탕이 따로 있었다.

공직 생활로 살아본 지역이기에
그리 낯설지 않은 곳이다

그런데 그때는 왜 몰랐을까
유성의 밤이 그렇게 아름다운 것을

묻어둔 정 때문에
선 듯 떠나지 못하고 머뭇거리는 마음

젊은 날의 기억 속으로
다시 돌아가고 싶은 황홀한 유성의 밤

천만 송이 국화 축제

서정주 시인은
한 송이 국화꽃을 피우기 위하여
봄부터 소쩍새가 울어대고
천둥은 먹구름 속에서
또 그렇게 울었다고 했다

눈부시게 펼쳐진 축제 현장
이른 봄부터 가을까지
얼마나 많은 손길이
정성으로 보듬었을까
존경의 마음 금할 수 없네

갖가지 조형물에 혼을 빼앗기고
느린 걸음으로 돌아다니며
사진 속에 담아둔 국화 향기
천만 송이 국화 축제
즐거운 하루였네

아산호 유원지

낭만 가득한 아산호 유원지
호수인지 바다인지 수평선 아름답다

내뿜는 분수 시원한 물줄기
미술관 작품 속엔
예술인의 땀 내음이 서려 있고
바람결에 들리는 국악 판소리

화면 가득 펼쳐지는 영상은
희로애락 만상의 인간사
울고 웃는 삶 속에
바로 내가 그 주인공이다

먹을거리 볼거리 많은 유원지
손잡고 거니는 다정한 모습
숨겨 놓은 산책로엔
붉은 장미꽃이 반기고 있었다

꽃지 해변

낙조 황홀한 꽃지 해변
할미 섬 할아비 섬 사이로
노을빛 같은 전설이 흐르는데
해가 지는데도
돌아갈 줄 모르는 군상들
한순간의 추억을 담고 있다

지난날 이곳엔
금모래 동산을 이루었는데
유리 원료로 거의 팔려나갔고
지금은 허허로운 공간에
꽃지라는 이름답게
세계 꽃박람회 개최했던 곳

이름도 아름다운 꽃지 해변

진미식당에서

참맛이 좋아 진미식당
때도 아닌데 벌써 만원이다
곱창전골 맛을 보니
그 이유 알만하다
가끔 만나는 친구는
항상 붉은 딱지
참이슬 소주를 찾았다

벌건 대낮 벌건 얼굴
달아오르는 취기 때문인가
온 세상이 아름답고
삼십년지기
변함없는 친구 만나니 반가웠다

다시 가고 싶은 진미식당
그러나 그 친구 떠나고 없다

짚신의 추억

어릴 적 짚신도 신어보았고
꽃미투리도 신어보았다
왜인들이 끌고 들어온
게다라는 나무신도 신어보았다
게다 끈이 끊어지면
다시 못을 박아 신어야 했던 그 시절

배급으로 나온 운동화 한 켤레 놓고
제비뽑기로 당선된 아이 몹시도 부러웠다
고무신이 나오자
부잣집 아이는 흰 고무신을 신었고
가난한 집 아이는 검정 고무신을 신었다
때로는 신발 도둑도 있었다

전쟁터에서 흘러나온 워커라는 군화는
거리를 활보하는 개선장군 같았고
진 땅에 고무장화는 귀공자 대접을 받았다
지금은 명품 구두 마음대로 골라 신지만
비 오는 날 짚신 발에 진창길 잊을 수 없다

수 세월 산천 누비며 걸어 다닌 두 발에
멋진 구두 한 켤레 선사하고 싶다

영춘화 필 무렵

영춘화 필 무렵 수선화도 따라 핀다

영춘화는 땅에 누워서 피고
수선화는 꼬부리고 핀다
수선화를 꼭 닮은 어머니
수선화를 보면 어머니 생각이 난다

영춘화처럼 허리 펴고 편안히 누워
푸른 하늘 마음껏 보셨으면
나이 미수米壽의 세월에도
어머니 생각엔 어린애가 된다

수선화 꽃잎엔 이슬이 맺혀 있다

한다리[大橋] 마을

예부터 이 마을에 큰 다리 놓여 있어
그때부터 한다리 마을이라 불렀고
바닷물과 민물이 만나는 다리 밑엔
백 어 떼 몰려와 노닐었다네요

태종 대왕 어가행렬 지나간 대교 마을
우짖는 군마 소리 펄럭이는 오색깃발
장엄한 행렬 십여 리에 달했으며

정순왕후 태어나 바른 정사 펼쳤고
훌륭한 인물 대대로 태어나
높은 권세 세상을 밝혔으니
상서로운 이 고장 모두의 영광이라

단구대 용유대 유서 깊은 옛 자취
역사 속의 인걸은 세월 따라 떠났어도
조상 위업 받드는 경주김씨 후손들
풍요롭고 평화로운 한다리 마을

축시
- 계암 팔순, 첫 시집 출간 -

경진년 오월 초하루 한다리 마을에
고고성 울린 지 어언 팔십 년
한평생 총명한 눈빛 보듬어
동서양 온 누리 날개 활짝 펴고
높은 창공 훨훨 날던 비익조 한 쌍

황홀한 도심의 불빛보다
풀벌레 노래하고
벌 나비 춤추는 고향 집 그리워
두엄 냄새 싫다 않고 돌아온 고향 집
풍요의 터전 아늑한 고택
사랑채 기둥마다 내어 걸은
추사 어록 더욱 빛나고
정성으로 가꾼 아담한 정원에
보람의 꽃 세 송이 곱게 피었네

단구대 언덕 아래 흐르는
용유천 뚝 방 길 시냇가를 산책하며
물결 따라 흐르는
자연의 숨소리 반겨주는 들꽃 향기

알뜰히 모아놓은 주옥같은 시어들
알알이 꾀어놓은 글귀마다 심오한 뜻 서려
만인의 가슴에 파문을 일으키네

창공에 흐르는 흰 구름
제 마음 제멋대로
백합꽃 피웠다가 지우듯이
빈 가슴 허허로운 마음 다스려
시맥 흐르는 반가班家의 품속에서
먹 갈고 붓을 잡아
아름다운 시향 만방에 펼치시고
세모시 도포 자락에
느릿한 양반걸음 휘이휘이 거니시며
즐거운 여생 만수무강하소서

백야白冶 기념관에서

황량한 만주벌에
모래바람 일으키며 달리던 백마
비좁은 마구간에 갇혀
우두커니 박재되어 서 있네

풀려난 노비들
하사받은 땅문서 손에 쥐고
천만번 엎드려
감격의 눈물 흘리던 자리

텅 빈 대청마루 모퉁이에
늙은 시인 한 사람
을씨년스럽게 앉아
무엇인가 열심히 적고 있네

북쪽 하늘엔 세찬 소낙비 한줄기
진군의 함성처럼 퍼붓고 있네

그 친구 어디에

다시 만나자는 기약도 없이
바람처럼 훌쩍 떠난 그 친구

학창 시절에 만나
갑년 세월 형제처럼 희로애락 함께한 그 친구
가끔 꿈속에 찾아와
단잠 깨어놓고 사라지는 심술 꾼
천성 곱고 사리 분명하며 자존 의지 강한 친구

젊은 날엔 아름다운 추억도 많았고
춤과 노래도 좋아했지
멋스럽게 노년을 보내는가 했는데
갑자기 곁을 떠난 그 친구
지금은 천국에서 천사들과 어울려
편안하고 즐겁게 지내겠지

노을 가에 어리는 그 모습
그리운 친구 취당翠堂의 명복을 빌며

마음대로

하늘에 원을 그리던
햇무리 달무리 사라지고

민심을 알아챈 별 하나
허공에 빗금을 그으며

내용을 알 수 없는 경고장
품속에 지니고

지상으로 내려와
세상 눈치 살피고 있다

우주의 눈

어느 강가
윙크하던 별이
아예 두 눈을 감았고

미소 짓던 보름달마저
화난 얼굴로
내려다보고 있다

잉크 냄새

아침에 받아 든 신문에서
구린내가 난다
아마도 잉크 냄새일 것이다

진위를 구별할 수 없는
다양한 내용들

가끔은
눈에 잘 보이지 않는
사회면 구석 작은 글씨에서
향긋한 사람 냄새도 난다

요지경 속

어릴 적
약장수 옆에서 구경했던 요지경

작은 구멍 속에 펼쳐지는
허상이 신비로워
그 속내가 몹시도 궁금했다

때맞추어
어김없이 부는 계절풍
유혹의 글귀들이 골목마다 펄럭인다

요지경 속같이 궁금한 세상을
민초들은 가만히 들여다보고 있다

가수 신신애의 노래가 생각난다

하늘과 땅 사이

맑은 하늘엔 평화가 흐르고
오욕으로 찌든 땅엔
먹고 먹히는 생존경쟁이 벌어지고 있다

자연의 기동起動은 신의 섭리인데
검은 그림자는 구석에 웅크리고 앉아
광란의 굿판을 벌이려 한다.

진실은 양심 속에 깊이 감추고
웃는 탈로 안면 가린 채
하늘과 땅 사이 활보하는 허상 들

언제나 하늘엔 평화가 흐르는데

마무리 인사

시집 '만남과 헤어짐'은
결혼 64주년을 기념하여 발행합니다.
시란 짧은 글 속에 심오한 뜻을 담아
독자로부터 감동을 받을 수 있어야 하는데
그런 문학적 범주를 벗어나 내 마음 느끼는 대로
적어본 나의 일기입니다.

자연의 조화로운 현상을 눈여겨보았고
때로는 추억 어린 골목을 지나 찬 바람 부는
삶의 거리를 거닐어 보았습니다.

시집 발간을 도와주신 최연희 시인님과
도서출판 시아북 김영빈 사장님께 감사드립니다.

2024. 11. 20. 然波